# व्यथा जिवनाची

## विचार मंथन

# Cyscoprime Publishers

Parijat Extension, Bilaspur, Chhattisgarh 495001
First Published By Cyscoprime Publishers 2020
Copyright © Patil Mayuri Rajendra 2020
All Rights Reserved.
**ISBN:** 978-93-90047-08-6

# व्यथा जिवनाची

### विचार मंथन

पाटिल मयूरी राजेंद्र

# शाकाहारी इंन्सान जो,

एक हि चाकू से शाकाहारी और मांसाहारी दोनों भोजन नहीं बना सकता-
ना एक बर्तन में खा सकता है,

ठिक उसी तरह एक ही जुबान-जिव्हा से,

 अच्छा-बुरा दोंनो कैसे बोल सकते हैं?

शाकाहारी और मांसाहारी दोनों कैसे खा सकते हैं?

आपको ऐसा नही लगता कि,जिस दिन जुबान शाकाहारी होगी उस दिन
हम पूर्णता शाकाहारी होंगें,

------------------------------------------------

# जोडी पेन आणि कागदाची....

कदाचित,हे दोन्ही पण खुप काही शिकवितात,

कागद म्हणतो,लिह तुझं सुख-तुझं दुखं,

जे तु कोणाला सांगू शकत नाही,

पेन म्हणते,मी लिहणारचं एकटा तुचं तर अाहे,

ज्याच्या हृदयात मी काहीही,केव्हाही रेखाटु शकते,

ज्याने माझं मन हलक होत,

कदाचित प्रतेकाची असिचं हृदये असतात,

गरज असते,ती फक्त कागदासारखं सागण्याची आणि

पेना प्रमाने हक्क राहू देण्याची.....

-------------------------------------------------------

# आपलेपणाचा वर्तुळ……

वर्तुळ ज्याला न कोन असतो-न कोपरा,

तसेचं,आपलेपणाच्या वर्तुळात फक्त आणि फक्त आपलेचं असतात,

ज्यात न शब्दांची सिमा असते-न आनंदाची,

 ज्यात फक्त सुखाचाचं पाऊस पडतो,

गरज असते, ती फक्त त्या वर्तुळाला जपण्याची,वाढवण्याची…."मी आणि माझं" या दोन शब्दांना दूर ठेवण्याची……

------------------------------------------------------------

## असफलता.....

असफलाता आती हि हैं,

निमंत्रण लेके सफलता का,

जब -जब असफलता याद आती हैं ॅ ॅ ,

तब-तब सफलता को पाने का मोह बढ़ता हि जाता हैं,


इसलिए,असफलता के किस्से,उस वक्त के कड़वे बोल,

यहीं सब तो बढ़ाते हैं,

सफलता कि भूक को....

-------------------------------------------------------

# Corona.....

Kabhi-Kabhi Man Me Khayal Aata hai,

Khuda Ne Bhi Kuch Socha to Hoga,

Sari Zindagi Nikal Jati hai Saheb,

Didora Pitate-Pitate,

Mere Pass Gadi h-Bangala hai-4 Almari Kapde hai,

Aur to Aur Insan ek hi khayal Me Jita h, "Mere Pass Itna Pesa hai Ki Musibat Aai to Rat Me Pasa Palat Dalunga,

Isiiye to Logo Ko Pyar Se Jyada Ahankar Se Pyar hai,

Pr Aaj Ghar Betha Har ek Insan Gavah hai,

Jab Kudarat Pasa Palatti hai,

 Tab Lakho  Rehkr Bhi Do Vakt Ka Khana Mushkil ho jata hai,

Aaj Girne vali Baarish Bhi Gavah hai Saheb,

Bhagavan Bhi Nahi Rok Paye Khud Ko Insan k Aansu Dekhakar,

Pr Ek hi Binati h Khuda Apne Bachho Ko Maf Kr De....

# Pita.....

Sochane Pr Majaboor Karne Vali Baat h Saheb,

 Ek Pita jo Apni Shadi Se Lekar-Beti Ki Shadi Tak
Khud k Liye Ek SONE  Ki Chain bhi Nahi Kharid Pata,


Aur Beti ki Shadi me Apne Damad ko Ek bhi Sone Ki
Cheez Ki Kami Nahi Hone Deta,

-------------------------------------------------

# Pani Aur Sharab.....

Kya khub Banaya hai UPARWALE ne,

Pani Aur Sharab Ko,


pani Ko Na Koi Rang Hai-Na Koi Swad,

Pr Phir Bhi N Jane Kyu "Pani hi Jivan Hai",

Aur Ek Badnasib Sharab Jisko Rang Bhi Hai Aur Swad Bhi,

Pr Phir Bhi Lakho Zindagi Ko Barbadi Ka Karan O Hai...

-------------------------------------------------------

# झाली सक्रांत...

"तिळगुळ घ्या आणि गोड-गोड बोला",

बोलून-बोलून जिभेचा गोडावा संपला असावा,

म्हणून तर आपण फक्त दोन दिवसचं म्हणतो,


"तिळगुळ घ्या आणि गोड-गोड बोला" असं न सांगता कोणी असं म्हणालं तर,

"तिळगुळ देऊन तुम्हाला असं सांगण्याची गरज नाही, तुम्ही रोजचं गोड बोलतात,

मात्र आपल्या जिभेचा गोडावा कमी होऊ देऊ नका,


असं कोणी आपल्याला सांगेन  आपण असं वागलत तर....तुम्हाला काय वाटतं?

------------------------------------------------------------

## VAKT KA KHEL....

Vakt-Vakt ki Bat h,

Ek Samay me,

Dosto k Bich 50Rupaye me Bhi Party Hoti thi,

Aaj 500 h Pocket me pr O Dost Nahi,

Ek Samay me,

Been Bulaye Dost Aa Jate the Ghar pe,

Aaj 50 se Jyada mssg Aur kahi Call Pe Bulane k Bad

Bhi Nahi Aate,

Ek Samay me,

Ghanto Gujar Jate the Bate Karne me Pr Fir Bhi Bate

Puri Nahi Hoti thi,

Aaj Do line k Bad Puchha Jata Hai"Aur kya"kyuki Bat

karne k liye Bachata hi Nahi kuch,

Ek Samay me,

Galli k Log Chidate the Apni  Dosti ko Lekar,

Aaj Mano Usi ki Nazer Lag Gai Ho,

Ek Samay me,

Lagata tha Hamare Pass Bhi whatts'up Ho Dono Usi

Pr Din Bhar Bate Kare,

Pr kya Pata tha Jab O Aayenga Tabtak "Dost Nahi

Dosti Gum Ho Jayengi"...

-------------------------------------------------------

# VADE....

"Vade Karana" yeh to Ek Rabbari Sikka h,

Sach to yehi h Sahab,

Vade Sirf Man ko Bahalne K Liye Kiye Jate h,

Log Vade Nibhate to Etne Rishte Bikharate Kaha…

Na Bachapan ki yari Tutati,

 Na Vakilo k Sath Logoki Etni Katare Lagati…

-------------------------------------------------------

# होली....

जो जाती-धर्म के नाम पर,

आग-खून की होली खेल रहे हे,

जब देते हे वास्ता भगवदगिता-कुरान का,

तब यही पुरान पुछती है

तु जिसके लिए लढ़ रहा है,

आॐ मैं.....जिसको तुने एक कपडे में लिपटाकर तेरे घर में रखा है,

 एक बार भी मुझे पढ़ा नही तूने,

सच तो यही हैं,

आजतक ना मैंने-ना आपने ना सुना-ना पढ़ा कि कोई पुरान सिखाता हैं
इंसान-इंसान को जलाना..

किसी को रोटी देने वाले आँटो को जलाना....

-------------------------------------------------------

# Log...

Kuch log Kitne bhi Dikha le-keh de,

Ki O badal chuke h,

Pr Sach to yahi h,

O kabhi badalate hi nahi Aur na unki Aadate....

Sirf Dikhava karte h...

Aur hume lagata h ki O Badal Chuke h,Aur hum firse
Unke kehne  me Aa jate h...

-------------------------------------------------

# स्याही....

अभी तो ऊगंली से स्याही का रंग निकला भी ना था,

उतने में नेताओ ने अपना रंग दिखाना शुरु कर दिया,

# पैसे.......

कौन केहता है साहब,

पैसो से खुशींया नही खरीदी जाती,

मंदिर कि पेटी में डालने के बजाए ओ पैसे बाहर बैठे गरीब को तो देके देखिए,

उसकी खुशी का कोई ठिकाना नही रेहता,

इस एहसास को मेहसुस तो किजिए,

यकीन मानिए खूशी उस गरीब से ज्यादा आपको होगी,

और कौन केहता है,

 पैसो से खुशींया नही खरीदी जाती,

खरीदकर तो देखिए....

-------------------------------------------------------

# FORMALITY झाली दिवाळी...

दिवाळीच्या हार्दीक शुभेच्छा,खुप-खुप शुभेच्छा,

असे भरपुर mssgs,calls आपल्या frds-relative चे येतात दिवाळीत,

तुम्ही सदा आंनदित रहा-तुम्हाला खुप-खुप यश मिळो

वगैरे-वगैरे,


पण विचार करा यातील ९०% लोकांना आपलं अपयशचं हवं असतं,

हे जेवढ कढू आहे, तेवढंच सत्य पण आहे,


मग विचार करायला भाग पडतो,

हे फक्त FORMALITY पुर्ण करतात का?

----------------------------------------------------

# जयंती…

आज मनाला प्रश्न पडतो,


आपण पी.के.अण्णा पासून सरदार पटेल पर्यंत,

लोकमान्य टिळकांपासून महात्मा गांधीपर्यंत,

सगळ्यांच्या जयंत्या साजरा करतो,

आणि त्या करायला पण हव्या त्यात वाद नाही,


पण ऐकही तत्व-गुण या महापुरुषांचे जिवनांमधे आणत नाही,

वाद तर हा आहे कि,जो संदेश यांनी दिला,

 ते विसरून आपण सगळं करतो…


मग प्रश्न पडतो मना,जयंती साजरा करतो कश्याला?

------------------------------------------------------------

# अनाथ...

कौन केहता हैं साहब,

 अनाथ सिर्फ बच्चे हि होते हैं,

जिनका दूसरा बचपन बुढ़ापे के तौर पर आता हैं,

जिनको आश्रम में रेहना पड़ता हैं,

ओ भी किसी अनाथ से कम नहीं होते साहब...

-------------------------------------------------------

# Smile...

Smile ka Matalab Sikhaya Tha Hume Kisine,

Aaj Bhi Yad Hai O Smile O muskarahat...

Jo kehke gai Thi ki Hum Jab Bhi Milenge Smile Jarur Denge,

Pr Kya Pata Tha Hum Milenge hi Nahi...

------------------------------------------------------

# जनाजा....

आज रास्ते में जनाजे को जाते देखा मोहल बड़ा शांत सा था,

मन में खयाल आया,

सारी उम्र निकल जाती हे तू-तु,मै-मै में कभी शांती नही मिलती,

आखिर कार जनाजे में शांती मिलने का क्या फायदा,

आखिर शरीर हि तो रह जाता है रुह तो निकल हि जाती है,

-------------------------------------------------------------

# भाद्रपद...

भाद्रपद भी केसा महिना हे साहब,

जहाँ,हर एक को घर साफ करना हि पड़ता हे,


काँश,कि कोई मन साफ करने का महिना भी आता,

तब शायद,

 बेटा माँ-बाप से और दोस्त-दोस्त से अलग ना होते,

और ना आज मुझे लिखने कि जरुरत पड़ती...

-------------------------------------------------

# Jab Jab Dharati pr Pap Bada....

Tab-Tab Bhagavan ka Janm Dharati pr Huva,

Jab Corruption Ki Aandhi chali,

Jab Nari pr Hone Laga Julm,

Yahi sab Pap Mitane k Liye Huva Uska Janam,

Niyati ne Bhi to Likh Rakha Tha,

 Unhe ChayVale Se Ek Prime-Minister Banavana,

Nahi to Jab Sara Jaha Uske khilap Tha, Tab Bhi Usne Desh Ko Jhukane Nahi Diya,

Prime-Minister ka Chehara to Party Tay Karti hai Saheb,

Pr Pehli Bar Dekha Khud k Dam Pr Prime-Minister Banate,

O Bharat ka "SauBhagya" Hai Jo "Narendra Damodardas modi" ka Janam Is Dharati Pr Huva Saheb,

O Bhi kisi Bhagavan Se Kam Nahi hai...

------------------------------------------------------

# बालपण....

आज गुलाबाईची आरती करताना लहान मुली दिसल्या,

जणू आज बालपण परतले,

पाच वाजल्यावर आरतीसाठी गोळा होणे,

ते गाणे म्हणने- ते खेळणे,

"गुलाबाई-गुलाबाई माझे खाऊ काय?"म्हणत खाऊ जिंकणे,

खाऊ हरल्यावर जणू ऑलिंपिक मेडल जिंकले असावे,

एवढा आंनद व्हायचा,

खरचं लोक बरोबर सांगतात,बालपण परतत नाही.....

------------------------------------------------

# friendship.....

Kuch friendship Hoti hi Asi,

Jo Best friend Se Sirf Hiii-Hello Tak hi  Rah Jati Hai,

 pr hoti Bahut Khas Hai Dono K Liye...

------------------------------------------------------

## Tota....

Tota To Mirchi Khakar Bhi Mitha Bolata Hai,

Pr Insan, Mitha khane K Bad Bhi KADAVA hi Bolata Hai....

---

## Namak...

Namak,To kham-kha Badanam Hai Saheb,

Jakhamo ko Kuradane k Liye,

Such To a Hai INASAN ko Majja Aata Hai,

Dusaro K Jakham Bar-Bar kuradena....

---

# Aana-jana...

Hamare Ghar Bahut Log Aate Hai-Jate Hai,

Pr Jate Vakt Hum Jinko Bahar Tak Chhodane  Jate hai,

Beshak, O Hamare Zindagi Me Bahut Special hote
hai...

-------------------------------------------------------

# Kashh....

ki Koi Zindagi Me Pichhe Jane Ka Rasta Bhi Hota,

To Gaye Hu a Moment, Jo Apno K Sath Gujare the,

O Phir Se Ji Sakate,

Pr kya kare? Zindagi One Way Jo Thehari.....

-------------------------------------------------------

Insan ka Akelapan Dekhakar hi,

Shayed, social media Pr Status Nam Aaya Honga,

Kyu ki, Aajkal Insan Itna Akela Ho Gaya Hai,

 Usko Apne Jajabat Bhi

kehane k Liye Insan Milta Nahi,

To O Tab Status pr Dal Deta Hai...

# गोष्ट...

घर....

मित्रानों,घर बनतं आई-वडील आणि मुले मिळून,

ज्याच्यात फक्त प्रेमाची जागा असते, चला तर अशीच एक कथा ऐकूया....

गोमाई नदीच्या काठी वसलेले सोमपुरी नावाचे गाव ,या गावात सदाशिव नावाचा खूप गरीब पण होतकरु एक शेतकरी होता.तो,त्याची पत्नी मधू आणि त्यांचा एक मुलगा वरुन त्याच्या कूटूंबात राहत होते.मुलगा लग्नाच्या १२ वर्षानंतर झाल्यामुळे खूप कौतूक.सदाशिव आणि मधू दोन्ही दिवसभर शेतात राबराब राबायचे तेव्हा कूठतरी सांयकाळी घरात चुला पेटायचा.कधी-कधी तर शेतातुन काढलेली भाजी न विकल्यामूळे उपाशी झोपत.मात्र वरुनला कधींचं उपाशी झोपवलं नाही.एकदा वरुनला खेळता-खेळता लागलं तर आईने आपलं फाटक लुगड फाडून पट्टी लावली.होळीला वरुनला पिच्चकारी हवी होती म्हणून बाप रात्री भर थंडीत जमीनदारांकडे पाणी वाळायला गेला.वरुन हळु-हळु मोठा होत होता.तो अभ्यासात मात्र खुप हुशार होता.गावाच्या शाळेत दहावी पूर्ण केली.मात्र पूढे करायचं काय हा प्रश्न पडला सदाशिव आणि मधु पूढे.पोरगा हूशार हे काहीतरी तर कराव आपण.पण काय करावं काही सूधरेना.कोणताचं मार्ग दिसेना.तेव्हा बापाने आपली एक किडणी विकली.मुलांला शहरात पाठवले.दापत्य मात्र खूप आंनदीत.आपला मूलगा मोठा साहेब होईल म्हणुन पुर्ण गावात सांगत फिरायचे.मुलगा वर्षातुन एकदाचं यायचा जेण्यायेण्यासाठी खर्च लागायचा म्हणुन.वरुनचे शिकलेगेल्यावर एक चांगली नोकरी लागली.मात्र वरुनचं पण तेवढचं प्रेम आपल्या आई-वडीलांवर.हळु-हळू कूटूंबांची अवस्था चांगली झाली.मूलाचं लग्न झालं

सुनबाई घरात आली.सून आणि मूलगा शहरात गेले.थोड्यादिवसात दापत्य राहायला गेले मूलांजवळ.दोन दिवस झाले तिसरा दिवस उगवला.सून बाईचं एकसारखं सूरु झालं.केवढा स्वंयपांक करावं लागतो,मी तर दिवसभर थकून जाते.वरूनने खुप समजवले पण काही समजेणा.हळु-हळू वरून पण बायको सारखं झाला.आई-वडील आता म्हातारे झालेत दिसायला कमी झालं.मात्र तरी त्यांना गावाला परतावं लागलं सुन आणि मुलाला सहन न झाल्यामुळे.वरून वर्षाला पैसे पाठवायचा ज्याच्यात दापत्य आपला उदरनिर्वाह करायचे.बापाचं मन धिट असत तरी तो समजुन घेतो.पण आई काय समजेना दिवसांतुन २५ वेळा दरवाज्याकडे बघुन म्हनायची "माझा लाडका केव्हा येणार? यमराजशी भेटण्याअगोदर येणार की नाही.पण तो काही आला नाही मात्र मरण आलं.बापाने निरोप दिला तरी तो आला नाही मात्र पैसे पाठवले दहाव्यासाठी.बाप पण गेला महिन्यात शेजारीनने निरोप दिला पण पैशेचं आले मात्र तरी तो आलाचं नाही.........मात्र आई-बाप गेले ते कायमचे.

मित्रानों, तूम्ही आपल्या मनाला विचारा ज्या मुलांसाठी आईबापाने रक्ताचे पाणी आणि हाडाचे मणी केले,किडणी पण विकली ते फक्त पैश्यासाठी का?की त्याना फक्त मातारपणी बसुन पैसे देणारा कुणी हवा होता म्हणुन.तर नाही त्यांना त्याचे पैसे नव्हे तर त्याच्यासोबत प्रेमाच्या सागरात राहयचे होते.मात्र वरूनने वर्षावचं केला नाही प्रेमाचा......

# सावली....

चालता चालता या जगात बरोबर कोणी नसेन,

तरी माझी सावली माझ सोबत असेन ,

याची खाञी होती मला,

पण माझ चालता चालता अंधारात गेलो,

चौफर बघितले माझ सावलीच दिसे ना,

समजलं अंधारात माणसे हाथ सोडतात,

ती तर सावली होती....

ती तर सावली होती....

----------------------------------------------------------------

# एकादशी....

आज होती एकादशी,जय हरी विठ्ठल,

आज होता उपवास माझा जेवणांचा,

पण माफ कर देवा,नाही ठेऊ शकलो मी उपवास विचारांचा,

आज आलो मी पायी,दर्शनाला तूझ्या,

पण

 माफ कर देवा,नाही पडू शकलो मी पाया घरात आई-वडीलांचा,

आज केळीत साखर दूध टाकून, घातले नैविध्य तूला,

माझ मिरचीला चिरुन तेलात टाकून मिठ टाकले,

पण माफ कर देवा,तरी नाही समजू शकलो मी केळीतील गोडपण आणि मिरचीतील तिखटपणा,

आज मी ऐकले किर्तन तूझे,

पण माफ कर देवा,नाही घेऊ शकलो मी एकही शब्द आचाराचा,

माफ कर देवा.....

खरोखर माफ कर.....

-------------------------------------------------------------

# Ghadi ke kate.....

Asa Malum Tha Ki Zindagi me Bada Kuch karane K Liye,

Sirf insan Ko hi KATO ka Samana Karana padata he,

Ghadi Ko Dekha To Samaj Aaya Ki,

Sahi vakt Batane k Liye Use bhi KATO Ka Samana karana padata hai.

------------------------------------------------

## Nazer....

Shayed, Hamari Friendship ko kisiki Nizar Lagi Hogi,

Isiliye to Hamane Nazar Utar kr dekh Li,

Pr Tabhi Man me Khayal Aata hai,

LOK kya Nazar Lagayenge,

 Khud Tumne hi Hamse Nazar Chura Li,

Pr Abhi Nazaro ka silsila baki hai Dost,

Tumne Jo Nazer Churai Hamare Nazaro Se Tum Utar Gaye..

-------------------------------------------------------------

# Gam....

Aakhir Asa kya karu,

 jo O vapis aa Jaye,

Aur kahe,

 I am Sorry,

Me Tum ko chhod K Gayi thi...

----------------------------------------------------

# Yad....

Ab to ek bhi pal Asa Gujarata Nahi,

 Jis pal Uski Yad Nahi Aai ho...

----------------------------------------------------

# क का कि की कु कू के कै को कौ....

पुस्तकाची बाराखडी माणूस हा दुसऱ्याकडून शिकतो,

मात्र,जिवनाची बाराखडी अनूभवचं शिकवितात...

---

## Miana-Bichhadana....

Aaj bhi Yad O Sadak Jis se,Tum Aati thi,

Aaj bhi Yad hai O Jagah,Jaha Ganto Bit Jate the Bate karane me,

Kabhi socha Nahi tha,ek hi Jagah Hone K Bavjut Hum Milenge Nahi,

Sach me kabhi socha Nahi tha,koi Itna bhi badal sakati hai...

Dukh to Sirf Itana hai ki,clg chhodane Tak bhi hum Sath Nahi Rahe..

---

# Bandar....

Insan Agar Insan ka hi Sikhaya Man Leta,

To Shayed,Gandi Ji ko Tin Bandar ki Jarurat hi Nahi padati...

-------------------------------------------------

# Bhigana.....

Bhige to Aaj Bhi hai Hum,

Bas Fark Itna hai,

 kal Tak Uske Sath bhigate the Aasaman ki Barish me,

Aaj Nal ke Niche Bhigate hai,

Uski Yad me....

-------------------------------------------------

# Chand....

O kehti thi,Chand ho Tum Mera,

Pr Jab Use pata chala,

Chand me Dag hai,

Chhod gai Sath O Mera,

Pr Use kya pata tha,

Chand Andhero Se Ladane K Liye hi Rat ko Aata hai...

----------------------------------------------------

# Smile....

O kehti Thi me To har Moment me Smile Karti hu,

Chahe O Dukh Ho ya Khushi,

Tum bhi Hamesha Hasti Raha Karo,

Hum Jab bhi Milenge Tab,

 Jab Smile pass karenge,

To Tab Hame Yad Aayega ki Smile Hamari Friendship ka Bond hai,

Pr Tab Mujhe Laga ki, Shayed Hum Last Tak Sath Rehnge,

Pr jo Smile Dena Sikha G

Thi O khud Rulake chali gai...

-------------------------------------------------------------

# ATM......

Aaj Ghar Jate Samay Nazer Raste me Milanevale ATM pr gai,

Socha pehle paise ka ATM Tha,

Ab Pani ka Aaya,

paisa Dalo pani Milega,

Kash koi Achhe Sanskaro ka bhi ATM hota,

Shayed, paisa Aane pr Log Apno Ko Na Bhulte....

------------------------------------------------

# मित्र तुझ्या असण्याने...

मित्र तुझ्या असण्याने,जिवन हे खुप सुंदर होते रे,

जणु दगडावर उमटलेली फुले हसत असायची,


जणु पूर्ण जगाला हेवा असावा,आपल्या मैत्रीचा,

मित्र तुझ्या असण्याने,तासोनतास कशे जायचे?


तेच कळ्ळायचे नाही रे....

-------------------------------------------------

# Friendship......

Dost Ko Sirf ek Jhuth Kaha Jaye,

Aaj se hamari Friendship khatam,

To O Utne me Rone Lagata hai,O hoti hai Friendship,

Shri Krishna Sare Swarg K Dwarakadhish Rehne K Bavjut Sudama Ko N Bhule,O hoti hai Friendship,

Kuch Dost Zindagi me Ase Aate hai,

 jo life time Yado me reh Jate hai,

Pr life ki ek Sachhai hoti hai,

Dost Hamesha Lifetime Hamare Sath Nahi rehte,

Isiliye Jitna Vakt Mile Dost K sath Gujar Lena Chahiye,

Jo Friendship me Aapas K Sabhi Galatfemiya Beth K Dost Ko keh Dale,

O hoti hai friendship,

Pr Jo Vakt K sath bhi Dost ko na bhule, O hoti hai Friendship

Jo dost K Sanne Jhukna bhi janta Ho,

O hoti hai Friendship.......

# Barish…

Pichhale kuch Salo se Barish bahot kam Hone Lagi hai,

Asa Lagata He,

Shayad, Aankho ki Barish Dharati Pr Jyada hone ke karan ,

Barish Ruth si gayi hai,

Aur Aasman ki Barish ka kam hona, Aankho ki Barish ka Badana,

Shayad, Dono ki ek hi  Vajah hai INSAN.......

------------------------------------------------------------

# असे नाही कि, मी तूला विसरली आहे,

आज पण तू, माझ्या प्रत्येक श्वासात आहे,

असे नाही कि, मी  Love पासून Hate पर्यंतचा प्रवास विसरली आहे,

फक्त तूला सागांयचे विसरले आहे,

पण प्रश्र पडतो मनाला,

एवढं प्रेम होत आपलं कि,मौन पण आपण जवळचं

ठेवले,

खरचं एवढं प्रेम होत का?????

हा प्रश्र पडल्यावर मन शब्दबंबाळ होते....

-------------------------------------------------

# kon kehta....

Duniya Me padane k Liye Sirf Kitabe hi Hoti Hai,

 padanevala Chahiye Sirf,

 pada Jaye to Insan ki Aankhe bhi kisi Kitab Se kam Nahi Hoti....

-----------------------------------------------------

# Yakin Nahi Manonge,

Subhah se Sham ho Gai Tumhare Intenjar me,

Yakin Nahi Manonge,

ek Minute bhi Hamne palake Jhapkai Nahi,

 Us Raste ko hi Dekhate Rahe Jis se Tum Aati thi Hamesha

Yakin Nahi Hota,O Rasta Suna hi Raha...

-----------------------------------------------------

# Kaltak Jab-jab Ahesas Hota Tha,

O Aayengi Milne,

O Jarur Aati Thi,

Pr Aaj Se to O Ahesas bhi Galat Thehar Rahe Hai...

Ahesas to Kya O Khud Mujhe,

 Aaj Galat Thehara Rahi Hai ...

-------------------------------------------------------------

# Defination...

Jise Hamane friendship ki Definition Sikhai Thi,

Jise Hamane friendship ka Meaning Sikhaya Tha,

Jise Hamari Vajah Se friendship ka Ahesas Huva Tha,

a Vakt ka Khel To Dekho,

Usane Khud Hamari Zindagi Se friendship ki Definition,Uska Meaning Aur Uska Ahesas Ukhad kr Fek Diya,

friendship Mere Liye Bahut Khubsurat Sa Rishta Tha,

 Pr Usne Use khatam hi kr Diya Meri Zindagi Se....

# Bahana....

Social Media to ek Bahana hai Sirf,

Dost BaDane ka,

Asaliyat to Ye Hai,

 Koi Dosti Nibhata hi Kaha Hai,

Log to Sirf Formality Puri karate Hai  friend-Request Bhejakar,

Apane Followers Badane Ki..

-------------------------------------------------

## Shisha....

Chalte Chalte Aankho ki Nazer Us Shishe pr gai,

Nazer Shishe K Us Par gai,

Uske Kapde Dekhe to Asa laga, Mano Apsara Ko Dekha,

Dusri bar Aankho ki Nazer Us K Mehel pr gai mano puri duniya Us me samai ho,

Aakhir Aankho ki Nazer Us Ki aankho pe gai,

Jo Dhire Se Kano Me Keh rahi Thi,

"Jara ek Nazer Us Dil pr bhi Dal De Jise Tu Aajtak BADA N kr paya Jb Tera Janm Huva Tab Bhi O utna hi tha aaj bhi utna hi he",

Utne me hi Aankh khuli to samaja A To Sapana Tha,

pr ek Bat Sikha Gaya,

zindagi Bita Di pese, property Badane Me,

pr Dil Na Bada Kr Paya,

Jiski Wajah Se Hazaro duwa A Milni Vali Thi......

Jab Ki Sirf O Hi Sath Aane Vali Thi......

Zindagi ne Jab hame O sab Diya Jo Hame chahiyetha,

Tab zindagi muskara Uthi,

Pr inhi khushi K lamho Main Humne Jab Hamari
zindagi ki kashti ki Dor GARV Ko Sop Di,

Pr Jab ek Din zindagi ne Asi Thokar di,
Tab pata chala,

N Jane kitane Apne pichhe chhut gaye,

N Jane kitne Dost paraye ho gaye,

N Jane kitane moment Hamne Miss kr diye,

Pr Tabtak na Vakt Tha…

Na o sab The….

Tha to Sirf Akelapn…

www.ingramcontent.com/pod-product-compliance
Lightning Source LLC
Chambersburg PA
CBHW051829130726
47987CB00003B/1467